PROYECTO SABER HACER

Ciencias Sociales

1 PRIMARIA

El libro Ciencias Sociales para primer curso de Primaria es una obra colectiva concebida, diseñada y creada en el Departamento de Ediciones Educativas de Santillana Educación, S. L., dirigido por **Antonio Brandi Fernández**.

En su elaboración ha participado el siguiente equipo:

TEXTO
Vicente Camacho Díaz
Sagrario Luna Rodríguez
Carmen Ríos Collantes de Terán

ILUSTRACIÓN
Alberto Pieruz
José Zazo

EDICIÓN
Vicente Camacho Díaz

DIRECCIÓN DEL PROYECTO
Maite López-Sáez Rodríguez-Piñero

SANTILLANA

Dirección de arte: José Crespo González.

Proyecto gráfico: Pep Carrió.
Fotografía de cubierta: Leila Méndez.

Jefa de proyecto: Rosa Marín González.
Coordinación de ilustración: Carlos Aguilera Sevillano y Raquel Carrasco Ortiz.
Jefe de desarrollo de proyecto: Javier Tejeda de la Calle.
Desarrollo gráfico: Raúl de Andrés González y Jorge Gómez Tobar.

Dirección técnica: Ángel García Encinar.

Coordinación técnica: Jesús Muela Ramiro.
Confección y montaje: Raquel Carrasco Ortiz.
Corrección: Ana M.ª Díaz Villa y María F. G. Llamas.
Documentación y selección fotográfica: Marilé Rodrigálvarez Martín.

Fotografía: A. Real; A. Viñas; C. Pérez; D. Serra; G. M. Azumendi; J. Jaime; J. Lucas; J. Rosselló; J. V. Resino; M. Catalán; O. Torres; Prats i Camps; R. Tolín; S. Padura; X. S. Lobato; A. G. E. FOTOSTOCK/Markus Bassler, Jeff Greenberg, Antonio Salado, Hermes Images, Ariel Skelley, Reiner Wuerz, Marco Brivio, Juice Images, Yuri Arcurs, Liane Cary, Mickael David, José Antonio Jiménez, Chevalier Virginie, Chris Seba, Michael Runkel, Terrance Klassen, Rafael Campillo, Chris Ryan, José Fuste Raga, Jacques Jangoux, AMELIE-BENOIST/BSIP, Lemoine, Fotosearch; COMSTOCK; CORDON PRESS/Corbis/Photononstop/Christophe Lehenaff, The Granger Collection, New York; EFE/Everett Kennedy Brown; EFE/SIPA-PRESS/Sanjiro Minamikawa; FOCOLTONE; GETTY IMAGES SALES SPAIN/AFP/Fredy Amariles, Photos.com Plus, Thinkstock; HIGHRES PRESS STOCK/AbleStock.com; I. PREYSLER; ISTOCKPHOTO/Getty Images Sales Spain; PAISAJES ESPAÑOLES; SEIS X SEIS/D. Lezama; BLOM Sistemas Geoespaciales; MATTON-BILD; Samsung; SERIDEC PHOTOIMAGENES CD; Sony Computer Entertainment Inc.; ARCHIVO SANTILLANA.

Índice

Primer trimestre

Segundo trimestre

Tercer trimestre

Mapa de contenidos

Leo y comprendo	Educación en valores	Saber hacer
Una nueva compañera	Acoger a nuevos compañeros	Explicar cómo es la clase
Casas del mundo	Valorar otras formas de vida	Completar el plano de una casa
Adornos de Navidad	Conservar la naturaleza	Investigar sobre una costumbre navideña
Calles subterráneas	Cuidar la calle	Respetar las normas del parque
Recuerdos del pasado	Valorar los monumentos	Reconocer las necesidades de una localidad
Navegar en una balsa	Interesarse por conocer el pasado	Saber usar el autobús
¡Ni gota!	Ahorrar agua	Construir un molinillo de viento
A orillas del río gigante	Conocer nuestro planeta	Observar qué tiempo hace
Viajar al espacio	Valorar el esfuerzo	Aprendar a utilizar la agenda

Competencias

A lo largo del libro, diferentes iconos señalan e identifican la competencia concreta que se trabaja en cada actividad o apartado.

- **Competencia matemática, científica y tecnológica**
- **Comunicación lingüística**
- **Competencia social y cívica**
- **Competencia digital**
- **Conciencia y expresión cultural**
- **Aprender a aprender**
- **Iniciativa y emprendimiento**

Uso del ordenador

Este icono señala algunas actividades que se pueden realizar con ayuda del ordenador, siempre bajo la supervisión de un adulto.

1 ¡Empieza el colegio!

- Observa la escena y explica qué sucede.
- ¿Quién es el señor que hay junto a la verja? ¿Y las personas que saludan a los niños en la puerta?
- ¿Cómo crees que se sienten los niños? ¿Por qué? Explica cómo te sentiste el primer día de colegio.

SABER HACER

TAREA FINAL

Explicarás con detalle cómo es tu clase de primero.

Mis compañeros

1 Dibuja a uno de tus compañeros y escribe su nombre. Después, explica cómo es.

2 ¿Qué actividades realizas con tus compañeros? Marca.

3 ¿Cómo se comportan? Observa y dibuja. Después, explica si eres un buen compañero.

BIEN MAL

La clase de primero

1 Completa el dibujo de la clase con pegatinas.

2 ¿Qué objetos utilizas para trabajar en clase? Rodea.

3 ¿Dónde hay que poner cada cosa? Une.

4 ¿Quiénes se comportan correctamente? Marca y explica.

Compartimos la clase con los compañeros y el profesor. En ella aprendemos muchas cosas.

Así es el colegio

1 ¿En qué lugar del colegio se realiza cada actividad? Observa el plano y numera.

1

2

3

4

5

6

2 ¿Quiénes trabajan en el colegio? Rodea y explica en qué consiste su trabajo.

3 ¿Qué lugar del colegio prefieres? Marca y explica por qué.

En el colegio hay aulas, comedor, aseos, patio...
Allí trabajan los profesores, el conserje...

Una nueva compañera

1 ¿Quién es la nueva compañera? Rodéala y escribe su nombre.

2 **Educación en valores.** Acojo a mis nuevos compañeros.

- ¿Cómo crees que se siente Tatenda? ¿Por qué?
- ¿Tienes compañeros de otros países? ¿Te gusta jugar con ellos?

SABER HACER

Explico cómo es mi clase

1 ¿Qué aula se parece más a la tuya? Marca.

2 Colorea las cosas que hay en tu clase.

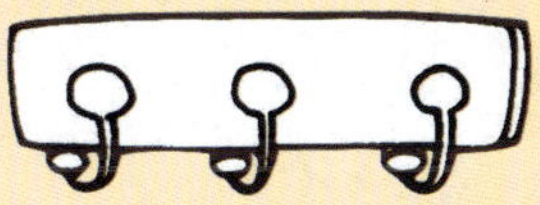

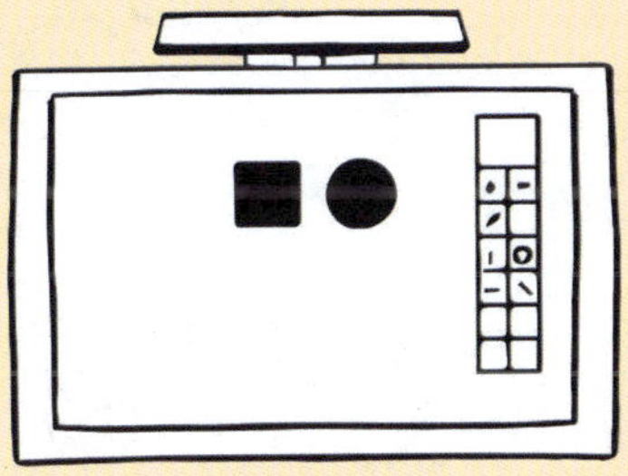

3 Explica cómo es tu clase y dibuja lo que más te gusta de ella.

ACTIVIDADES DE REPASO

1 Rodea el grupo de compañeros de clase.

2 ¿Qué sobra en cada lugar? Tacha.

3 ¿En qué lugar del colegio pasas más tiempo? Marca.

◯ En el patio. ◯ En el aseo. ◯ En el aula.

4 Colorea los materiales que usarías para hacer un mural.

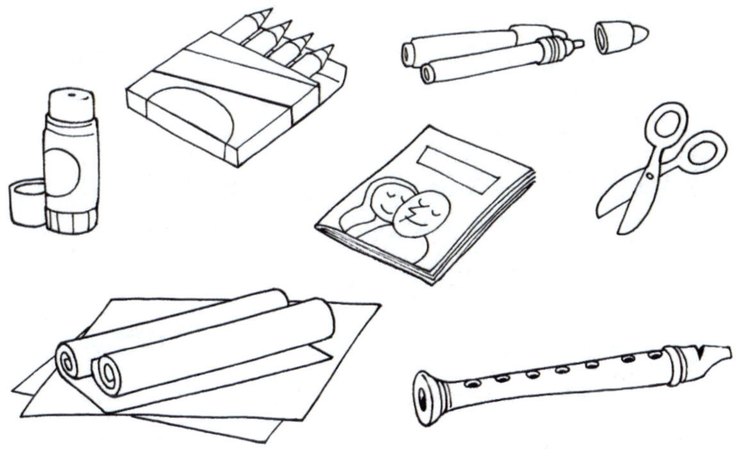

5 ¿Qué actividades realizas en el colegio? Marca.

6 ¿Qué es lo que más te gusta hacer en el colegio? Escribe.

2 Mi casa y mi familia

- ¿Qué hacen los dos hombres que llevan un mono azul? ¿Sabes qué es una mudanza?
- Rodea a los miembros de la familia que se muda de casa. ¿Cómo es el edificio donde van a vivir?
- ¿En qué se parecen esta casa y la tuya? ¿En qué se diferencian?

SABER HACER

TAREA FINAL

Completarás el plano de una casa con pegatinas.

Tenemos una familia

1 Completa con pegatinas el árbol de la familia de Fátima. Después, dibuja en tu cuaderno el árbol de tu familia.

2 ¿Cómo ha cambiado la familia de Fátima con el paso del tiempo? Escribe 1, 2 y 3. Después, explica.

Vivimos en una casa

1 ¿Cuántas familias viven en cada casa? Piensa y une.

Una sola familia.

Más de una familia.

2 Colorea las partes de la casa.

- tejado
- ventanas
- portal
- garaje
- fachada

3 ¿Quiénes trabajan en la construcción de una casa? Marca.

albañil ☐

cartero ☐

fontanera ☐

arquitecta ☐

carpintero ☐

electricista ☐

4 ¿Qué casa crees que se construyó antes? ¿Y después? Observa y escribe.

____

antigua

moderna

____

Hay casas de pisos y casas unifamiliares.
Las casas se construyen con ladrillos, cemento...

La casa por dentro

1 Completa los nombres de las habitaciones de la casa.

▸ ¿Dónde realizas cada actividad? Escribe el número.

☐ 

☐ 

☐ 

☐ 

☐ 

☐ 

2 ¿Qué actividades realizas en casa con tu familia? Marca.

3 ¿Quién hace estas tareas en tu casa? Escribe.

4 Rodea los aparatos que nos ayudan en las tareas de casa.

En una casa hay distintas habitaciones: salón, cocina, aseo y dormitorios.

Casas del mundo

1 ¿Con qué material se ha construido cada casa? Observa y escribe el número.

2 **Educación en valores.** Valoro otras formas de vida.

- ¿Te gusta conocer cómo viven las personas de sitios lejanos? ¿Qué lugar del mundo te gustaría conocer?

SABER HACER

Completo el plano de una casa

1 ¿Qué representa cada símbolo? Observa y une.

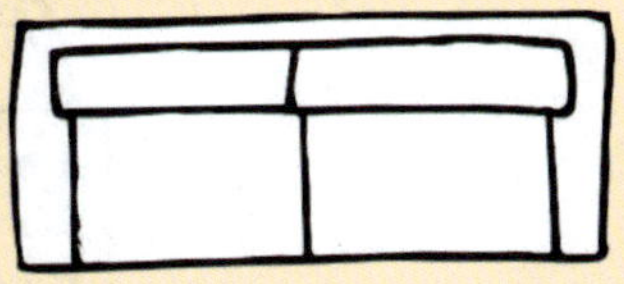

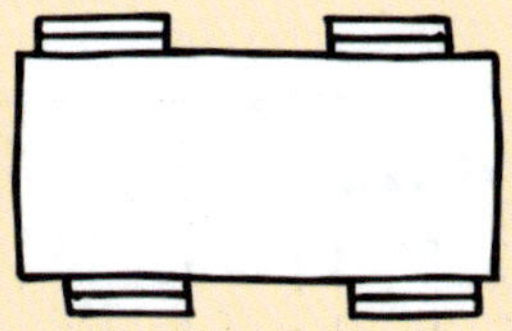

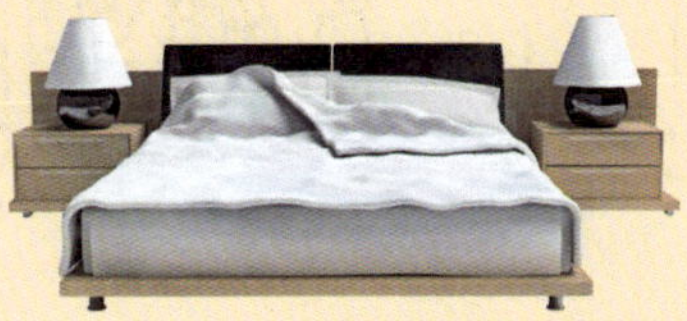

2 Completa el plano de la casa con pegatinas.

ACTIVIDADES DE REPASO

1 Rodea.

 casa unifamiliar  casa de pisos

2 Completa.

dormitorio	cocina	aseo	salón

 Hacemos la comida en la ______

 Nos aseamos en el ______

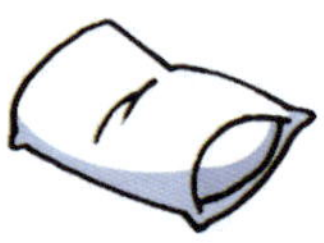 Dormimos en el ______

 Nos reunimos en el ______

3 Escribe tu nombre y apellidos.

______

4 Dibuja a las personas de tu familia y escribe sus nombres.

5 Observa y completa.

Felipe es nieto de ______ y de ______

El papá de Felipe es ______

3 Celebramos fiestas

- Explica cómo está decorada esta plaza. ¿Por qué la han adornado así?
- ¿Qué hace la niña que está sentada con el paje real? ¿Qué están haciendo los demás niños?
- ¿Te gusta cantar villancicos? Explica qué te gusta más de la Navidad.

SABER HACER

TAREA FINAL

Investigarás sobre costumbres navideñas de otros lugares.

Preparamos la Navidad

1 Colorea los adornos que se utilizan para decorar las casas en Navidad.

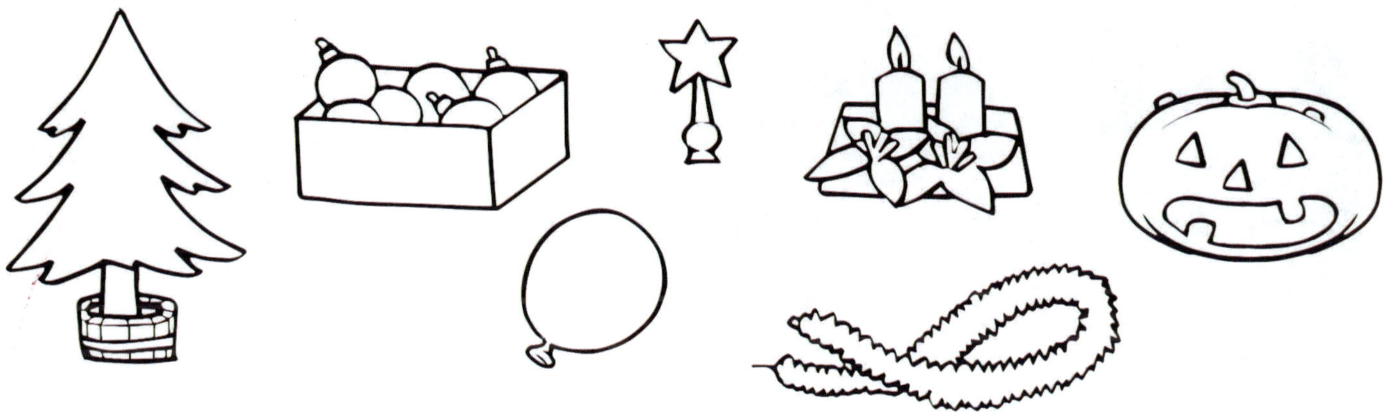

2 Completa el belén con pegatinas. Después, di los nombres de los personajes.

3 ¿Qué te gustaría pedirles a los Reyes Magos? Escribe.

Llega la Navidad

La Navidad se celebra el último mes del año.

En esta época nos reunimos con la familia y cantamos villancicos.

1 ¿Qué celebramos en estas fechas? Une.

24 diciembre

31 diciembre

- Nochevieja
- Nochebuena

2 ¿De qué fiesta se trata? Escribe y explica cómo se celebra.

6 enero

Es la fiesta de

3 Escribe el nombre de un villancico que te guste.

▸ ¿Qué instrumentos utilizarías para cantarlo? Dibújalos.

4 Rodea los dulces típicos de Navidad. Después, completa con sus nombres.

galletas

turrón

mazapán

helado

roscón de Reyes

mantecados

En Navidad tomamos

En Navidad celebramos la Nochebuena, la Nochevieja y el día de Reyes.

Nos divertimos juntos

Durante el año participamos en muchas fiestas para celebrar acontecimientos importantes.

En las fiestas, nos divertimos con la familia, los amigos y los vecinos.

1 Escribe dos cosas que sueles hacer el día de tu cumpleaños.

2 ¿Qué fiestas celebras en el colegio? Marca y explica.

▸ Di qué otras fiestas se celebran en tu colegio.

3 ¿Qué fiestas son? Observa y une.

Carnaval | Semana Santa | romería

4 En algunas fiestas se usan trajes típicos. Dibuja el traje típico de tu localidad.

Organizamos fiestas con la familia y los amigos para celebrar acontecimientos importantes.

Adornos de Navidad

El abeto, el musgo y el acebo son adornos de Navidad.

Pero... ¡nunca debes cogerlos del bosque! ¡No está permitido!

Para conseguir un abeto, acude a un vivero. Allí los cultivan para venderlos especialmente en estas fechas.

Aunque no olvides que en Navidad también se pueden utilizar árboles y adornos artificiales.

1 Explica qué es un vivero.

2 **Educación en valores.** Conservo la naturaleza.

- ¿Qué le dirías? Lee y escribe.

Investigo sobre una costumbre navideña

1 Escoge una de estas costumbres navideñas e investiga sobre ella. Después, completa.

Las casas de pan de Alemania.

Los muñecos de Año Viejo en Colombia.

Costumbre: ______

Lugar: ______

¿En qué consiste esa costumbre?

______

______

ACTIVIDADES DE REPASO

1 ¿Qué fiestas se celebran estos días? Escribe.

24 diciembre ▶ ______________________

31 diciembre ◀ ______________________

6 enero ▶ ______________________

2 Dibuja elementos propios de la Navidad.

Un objeto

Un alimento

3 Resuelve el crucigrama con nombres de figuras del belén.

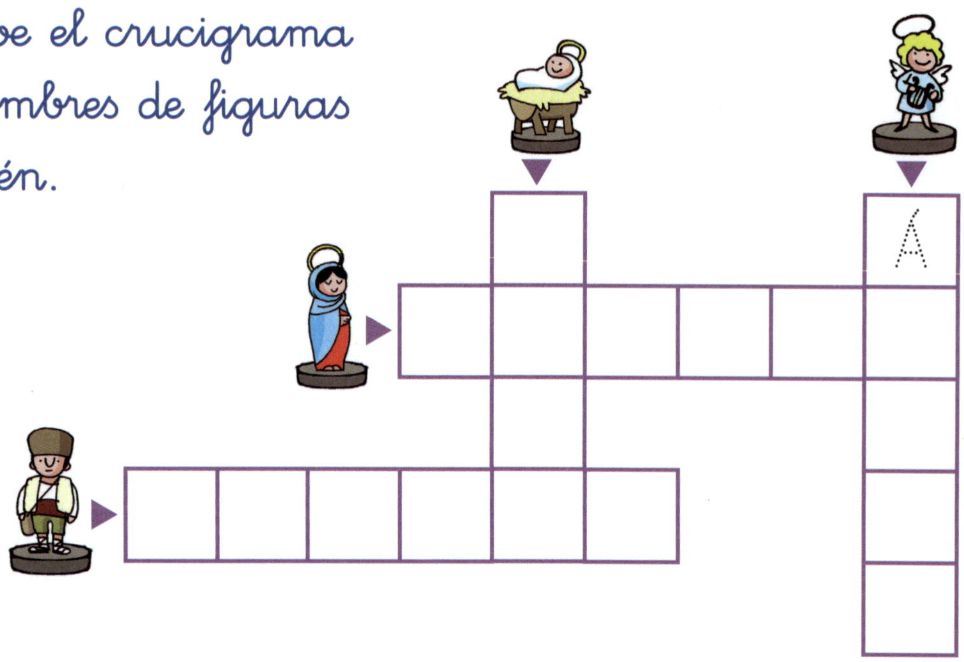

4 ¿Qué haces con tu familia en Navidad? Escribe.

5 ¿Para qué celebramos fiestas? Marca dos casillas.

- ☐ Para divertirnos con la familia y los amigos.
- ☐ Para no tener que ir al colegio.
- ☐ Para recordar acontecimientos importantes.

6 Escribe una felicitación para tu familia y decórala.

4 Un paseo por el barrio

- ¿Cómo se llama esta calle? Explica qué cosas hay en ella.
- ¿Qué tiendas hay en esta calle? ¿Qué se puede comprar en cada una de ellas?
- ¿Qué hacen las personas que aparecen en la escena? ¿Cuáles están trabajando?
- ¿Te gusta salir de paseo? ¿Por qué?

SABER HACER

TAREA FINAL

Explicarás cómo hay que comportarse en el parque.

La calle donde vivo

1 Escribe el nombre de estos elementos de la calle.

farola

banco

contenedor

papelera

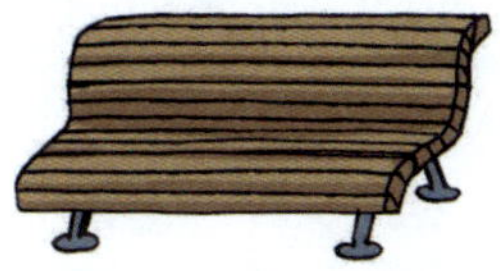

2 Pon cada pegatina donde corresponda.

plaza

avenida

calle

3 Escribe la dirección de esta casa.

Calle ______________,

número ______

Mi barrio

Un conjunto de edificios y de calles cercanas forman un **barrio**.

En los barrios hay viviendas, colegios, tiendas, plazas...

1 Observa y escribe cada número donde corresponda.

1. colegio
2. centro de salud
3. parque
4. polideportivo
5. iglesia
6. supermercado

▸ Explica qué se hace en cada uno de estos lugares.

2 ¿Qué barrio es más antiguo? Marca y explica.

▸ ¿Cómo es tu barrio? ¿Es antiguo o moderno? Escribe.

Mi

3 ¿En qué consiste el trabajo de estas personas? Une.

policía

Limpia las calles.

Cuida los parques.

Reparte las cartas.

Vigila las calles.

jardinero

cartera

barrendera

En un barrio hay viviendas, tiendas, colegios...
En él viven muchos vecinos.

Conocemos las normas viales

En las calles hay **acera** y **calzada**, separadas por un bordillo. Además hay **señales de tráfico**, que facilitan la circulación y evitan accidentes.

1 Observa el dibujo de la calle y completa.

Los peatones caminan por la ____________

Los vehículos circulan por ____________

2 Rodea el semáforo que corresponde a esta situación.

3 ¿Quién circula correctamente en bici? Marca y explica.

4 ¿Qué significa cada señal de tráfico? Une.

No pueden pasar peatones.

Aparcamiento.

Hay que pararse.

Cuidado, paso de niños.

5 ¿Por dónde debes cruzar la calzada? Marca.

- ☐ Por un paso de peatones.
- ☐ Por el lugar más estrecho de la calle.

Para evitar accidentes hay que caminar por la acera y respetar las señales de tráfico.

Calles subterráneas

En algunos lugares del mundo los inviernos son muy largos y fríos. Las fuertes nevadas impiden que las personas puedan caminar cómodamente por las calles.

En estos lugares existe una red de calles bajo tierra, en las que hay tiendas, parques infantiles, restaurantes... Son auténticas ciudades subterráneas por donde pasean sus habitantes. ¡Así pasan el invierno más calentitos!

1 ¿Qué son las calles subterráneas? Escribe.

2 Educación en valores. Cuido la calle.

- ¿Qué podrías hacer para que las calles de tu barrio estén más limpias y bonitas? Escribe.

SABER HACER

Respeto las normas del parque

1 ¿Qué está prohibido hacer en este parque? Marca.

- ☐ Pasear al perro.
- ☐ Columpiarse.
- ☐ Beber en la fuente.
- ☐ Patinar.
- ☐ Jugar a la pelota.
- ☐ Usar la papelera.

› Tacha en el dibujo a las personas que no respetan las normas.

2 Piensa en cuántos años tienes. ¿Podrías usar los columpios de este parque? Explica por qué.

ACTIVIDADES DE REPASO

1 **Resumen.** Recuerda lo que has aprendido y completa.

señales | accidentes | circulación

Las ________ de tráfico facilitan

la ________ y evitan los ________

2 Pinta del color adecuado el muñeco que corresponda.

Se puede pasar.

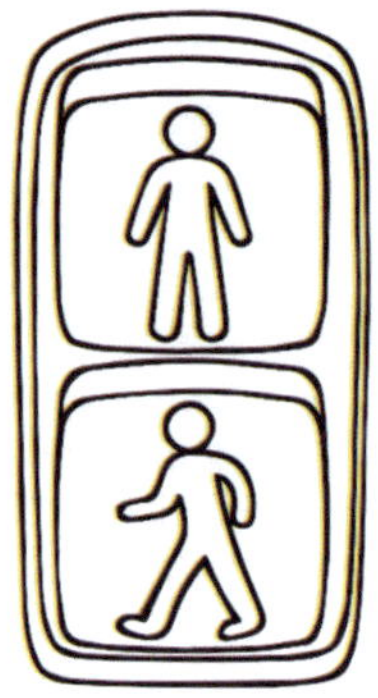

Hay que parar.

3 ¿Dónde colocarías cada señal? Observa y une.

4 ¿Qué hay en tu barrio? Marca.

☐ farmacia

☐ colegio

☐ bar

☐ mercado

☐ cine

☐ biblioteca

▸ ¿Qué otras tiendas hay en tu barrio? Escribe.

____

5 Escribe el nombre y la dirección de tu colegio.

Nombre: ______________________________

Calle y número: ______________________________

Localidad: ______________________________

5 Así es mi localidad

- Señala en la lámina el pueblo y la ciudad. ¿Qué diferencias hay entre ellos?
- ¿En cuál de las dos localidades crees que viven más personas? ¿Qué detalles te han ayudado a saberlo?
- ¿Cómo se llama la localidad en la que vives? Explica cómo es.

SABER HACER

TAREA FINAL

Reconocerás los problemas y necesidades de una localidad.

Los pueblos y las ciudades

1 ¿Qué tipo de localidades son? Observa y une.

pueblo

ciudad

2 Elige y completa.

habitantes   visitantes

Las personas que viven en una

localidad son sus ______

3 ¿Cómo ha cambiado esta localidad a lo largo del tiempo? Escribe 1, 2 y 3.

➤ ¿Cómo era la localidad en el pasado? ¿Y en la actualidad?

La vida en los pueblos

Los pueblos son **localidades pequeñas**, donde viven pocas personas. En general, sus calles son estrechas y sus edificios, bajos.

Muchos habitantes de los pueblos **trabajan en la naturaleza**: cultivan el campo, crían animales, pescan en el mar...

1 ¿Cómo son los pueblos? Escribe V (verdadero) o F (falso).

- ☐ Son localidades grandes.
- ☐ Tienen pocos habitantes.
- ☐ Sus calles son estrechas.
- ☐ Tienen edificios muy altos.

2 ¿Quiénes trabajan en la naturaleza? Rodea.

mensajera

ganadera

minero

agricultora

pescador

modista

leñador

› Completa con el nombre de las profesiones que has rodeado.

La ____________ cultiva hortalizas y cereales.

____________ captura peces en el mar.

____________ extrae rocas de la tierra.

____________ obtiene madera de los bosques.

____________ obtiene carne de los animales.

Los pueblos son localidades pequeñas. Muchos de sus habitantes trabajan en la naturaleza.

La vida en las ciudades

Las ciudades son **localidades de gran tamaño**, con avenidas anchas y edificios altos.

Las ciudades tienen muchos habitantes.
La mayoría de ellos **trabajan en oficinas**, **comercios** y **fábricas**.
En las ciudades hay abundante **tráfico**.

1 Observa y escribe el número que corresponda.

1. fábrica 2. oficina 3. centro comercial

2 ¿En qué orden sucede? Escribe 1, 2 y 3. Después, completa.

1. Los obreros ______ los coches.

2. El camionero los ______ a las tiendas.

3. La dependienta los ______ a los clientes.

3 ¿Qué problemas provoca el tráfico en las ciudades? Marca dos casillas.

- ☐ Se ensucia el aire.
- ☐ Se acumulan basuras.
- ☐ Se producen ruidos y atascos.

Las ciudades son localidades de gran tamaño. Sus habitantes trabajan en comercios y oficinas.

Recuerdos del pasado

Seguro que en casa tienes fotos antiguas que te ayudan a conocer la historia de tu familia o te recuerdan momentos que has vivido.

Pero ¿sabías que los pueblos y las ciudades también conservan sus propios recuerdos? En sus calles hay iglesias, palacios y murallas que fueron construidos hace mucho tiempo. Gracias a ellos podemos conocer la historia de una localidad.

1 Investiga sobre un monumento de tu localidad y escribe su nombre.

- Explica todo lo que has averiguado sobre ese monumento.

2 **Educación en valores.** Valoro los monumentos.

- ¿Crees que es importante conservar los monumentos antiguos? ¿Por qué?

SABER HACER

Reconozco las necesidades de una localidad

1 Observa y explica los problemas de esta localidad.

2 Rodea dos soluciones para cada problema y explica.

Para evitar los atascos

Para cuidar los parques

Para mejorar las calles

3 ¿Cómo se podría mejorar tu localidad? Habla con tus compañeros.

1 **Resumen.** Recuerda lo que has aprendido y completa.

Tienen ________ habitantes.

Sus calles son ________

y sus edificios son ________

Muchos de sus habitantes trabajan

en ________

Tienen ________ habitantes.

Sus calles son ________

y sus edificios son ________

Sus habitantes trabajan en

____

2 Escribe el nombre de tu localidad y explica cómo es.

____

____

3 ¿Qué profesión tienen estas personas? Une.

ganadero

agricultor

pianista

piloto

4 ¿Qué puedes encontrar en una ciudad? Elige y completa.

granjas | oficinas | museos | avenidas

centros comerciales | campos de cultivo

En las ciudades hay ______________________________

____

5 Rodea los comercios.

farmacia

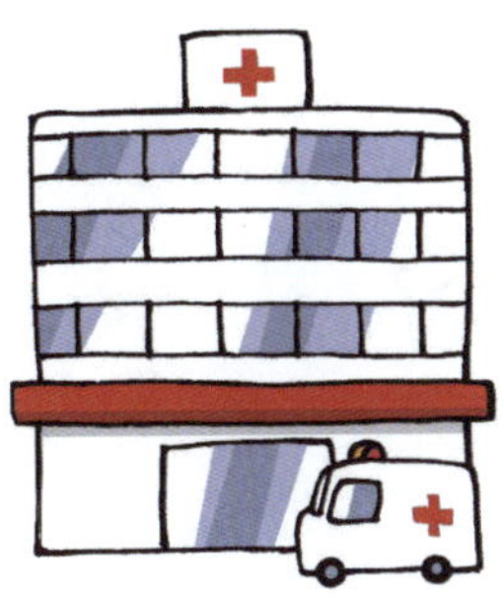

hospital

librería

biblioteca

6 Vamos de viaje

- ¿Qué lugar aparece en la lámina? Di cómo es y explica para qué acuden allí estas personas.
- Observa a los jóvenes que están sentados en el banco. ¿Qué aparatos están utilizando? ¿Para qué sirven?
- ¿Has viajado alguna vez en tren? Cuenta tu experiencia.

SABER HACER

TAREA FINAL

Aprenderás a usar correctamente el autobús.

Distintos tipos de vehículos

1 Escribe el nombre de cada vehículo.

avión | barco | autobús | moto

2 ¿Por dónde se desplazan? Une.

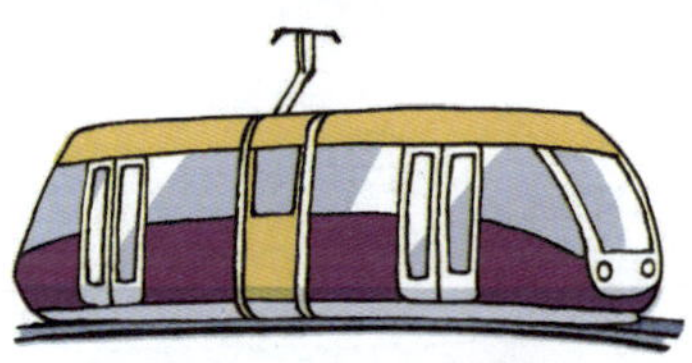

Por la tierra

Por el agua

Por el aire

3 Observa estos vehículos y rodea.

el más antiguo

el más moderno

Los medios de transporte

Los **medios de transporte** sirven para desplazarnos de un lugar a otro y para trasladar mercancías.

Hay medios de transporte **individuales**, como el coche, y **colectivos**, como el autobús.

1 ¿Qué transportan estos vehículos? Observa y une.

mercancías

personas

2 Pon cada pegatina donde corresponda.

puerto

aeropuerto

estación

3 Escribe el nombre de cada vehículo donde corresponda.

Transportes individuales

Transportes colectivos

Viajan pocas personas ▶ ____________________

Viajan muchas personas ▶ ____________________

4 Marca los transportes que son para uso de todos.

Los medios de transporte sirven para trasladar mercancías y para desplazarnos.

Los medios de comunicación

Utilizamos los **medios de comunicación** para informarnos de lo que sucede, para comunicarnos con personas que están lejos y para entretenernos.

El **ordenador** y el **teléfono** son medios de comunicación.

1 ¿Qué medio de comunicación utilizarías? Escribe.

- Para comunicarte con un familiar:

- Para informarte de las noticias:

2 ¿Cómo transmite cada medio la información? Piensa y une con colores diferentes.

Con imágenes.

Con sonidos.

Con texto.

3 ¿Cómo nos llegan las noticias? Escribe 1, 2 y 3 y explica.

4 ¿Sabes utilizar el ordenador? Explica para qué lo usas.

Los medios de comunicación nos permiten estar informados y comunicarnos con otras personas.

Navegar en una balsa

Las balsas son las embarcaciones más antiguas que existen. Están hechas con cañas o con troncos de madera atados con cuerdas. Aunque no lo parezca, las balsas son muy resistentes.

En algunos lugares del mundo aún se usan balsas para pescar en los ríos. El agua se cuela por las rendijas y los pescadores se mojan, pero no les importa porque ¡sus balsas jamás se hunden!

1 ¿Quiénes utilizan balsas en la actualidad? Contesta.

2 **Educación en valores.** Me interesa conocer el pasado.

- Busca fotos de transportes antiguos y explica cómo son.

SABER HACER

Sé usar el autobús

1 Colorea el autobús que va a la calle Paz.

Línea 6

- Paseo del Sol
- Calle Real
- Calle Montes
- Estación Sur

Línea 3

- Paseo del Sol
- Calle Paz
- Calle Alba
- Parque Verde

2 ¿Para quiénes están reservados estos asientos? Rodea.

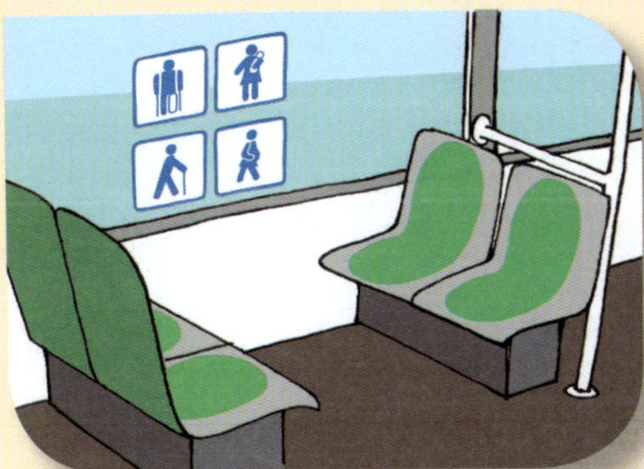

3 ¿Quiénes no se comportan bien? Tacha y explica.

ACTIVIDADES DE REPASO

1 **Resumen.** Recuerda lo que has aprendido y completa.

Utilizamos los transportes para

Utilizamos los medios de comunicación para

2 ¿Por dónde se desplaza cada vehículo? Escribe.

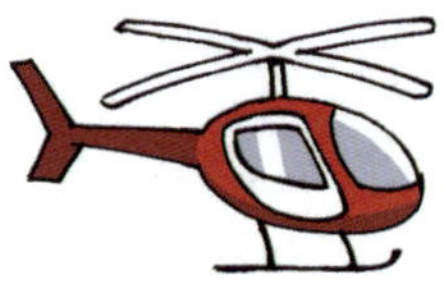

El helicóptero va por

3 Dibuja un medio de transporte y completa.

Es un

Se desplaza por

Transporta

4 Colorea los medios de transporte colectivos.

5 ¿Adónde acudimos en cada caso? Completa.

Para coger un , vamos a

Para coger un , vamos al

Para coger un , vamos

6 ¿Cuál de estos medios de comunicación crees que se inventó antes? Rodea.

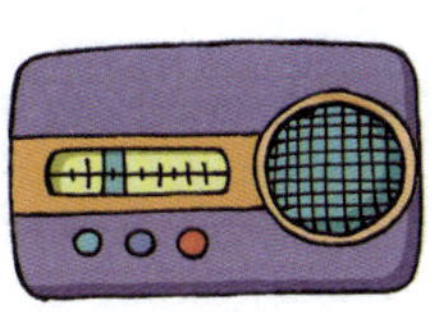

7 ¿Qué transportes públicos existen en tu localidad?

7 El aire y el agua

- Explica cómo es este paisaje. ¿Qué está haciendo allí esta familia?
- ¿En qué lugares de esta escena hay agua? ¿Por qué razón hay charcos en el suelo?
- ¿Crees que hace viento? Señala los elementos que te permiten saberlo.

SABER HACER

TAREA FINAL

Construirás un molinillo de viento y observarás cómo gira.

El aire está en todas partes

1 ¿Qué objetos están llenos de aire? Rodea y explica por qué lo sabes.

2 Observa la lámina y colorea lo que se mueve con la fuerza del viento.

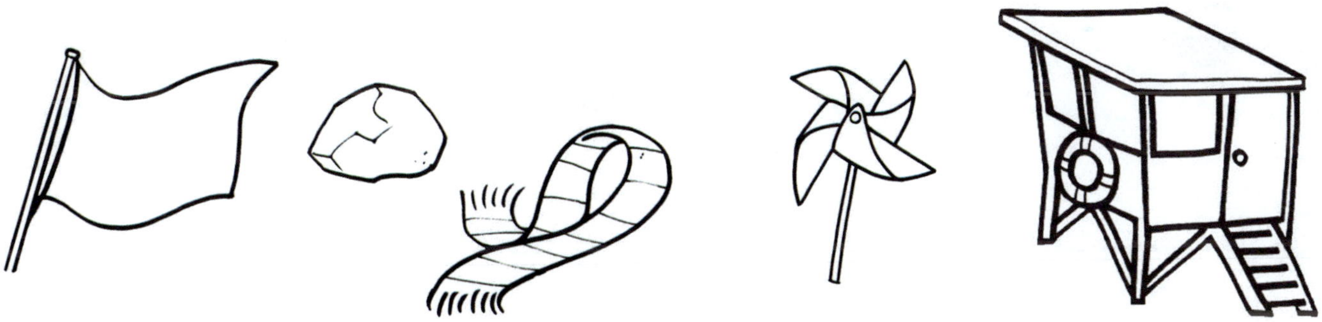

3 ¿Qué cosas ensucian el aire? Piensa y escribe.

4 ¿Podemos ver el aire? ¿Lo podemos sentir sobre nuestra piel? Habla con tus compañeros.

Cómo es el agua

El **agua** es un **líquido** que no tiene olor, color ni sabor.

Cuando se calienta mucho, el agua se convierte en **vapor**. Cuando se enfría mucho, el agua se congela y se convierte en **hielo**.

El agua es un elemento necesario para los seres vivos.

1 Tacha el recipiente que no contiene un líquido.

2 ¿Qué estados puede tener el agua? Observa y escribe.

líquido | hielo | vapor

3 ¿Para qué utilizamos el agua? Observa y escribe.

Utilizamos el agua

▸ Explica para qué otras cosas utilizas tú el agua.

4 Escribe V (verdadero) o F (falso).

☐ El agua es invisible.

☐ El agua se puede congelar.

☐ El agua es de color azul.

☐ El agua, al calentarse, se transforma en vapor.

El agua y el aire son necesarios para los seres vivos.

El agua en la naturaleza

El agua es muy abundante en la naturaleza. Hay agua en los **mares** y **océanos**, en los **ríos**, en los **lagos**...

La **nieve** y el **hielo** son agua congelada.

Las **nubes** están formadas por pequeñísimas gotitas de agua.

1 ¿Dónde hay agua? Escribe cada palabra en su lugar.

mar
lago
río
manantial
nubes

2 ¿Cómo es el agua que hay en la naturaleza? Une.

agua salada

agua dulce

3 **Observa el ciclo del agua en la naturaleza y completa.**

1. El sol calienta el agua del mar
y la transforma en ____________

2. Al enfriarse, el vapor se convierte en
gotitas de agua y así se forman las ____________

3. El agua de las nubes se enfría y cae a la tierra
en forma de ____________ o de ____________

El agua está presente en la naturaleza en los ríos y los lagos, en los mares, en las nubes...

¡Ni gota!

Seguro que te han dicho muchas veces que debes ahorrar agua, pero ¿sabes cómo hacerlo? Aquí tienes algunos consejos:

- No dejes el grifo abierto mientras te lavas los dientes.
- Dúchate en lugar de darte un baño.
- Utiliza un recipiente para lavar frutas o verduras y aprovecha luego el agua para otra cosa.

¿Ves qué fácil es no malgastar ni una sola gota de agua en nuestra casa? ¡Pues adelante!

1 **¿Para qué puedes reutilizar el agua después de lavar la fruta? Piensa y marca dos casillas.**

- ☐ Para cocinar.
- ☐ Para regar las plantas.
- ☐ Para beber.
- ☐ Para fregar el suelo.

2 **Educación en valores. Ahorro agua.**

▸ ¿Qué le dirías a un amigo que malgasta el agua?

SABER HACER

Construyo un molinillo de viento

1 **Sigue estos pasos para construir un molinillo.**

1 Corta un cuadrado de papel y traza dos líneas de punta a punta.

2 Corta por las líneas con unas tijeras sin llegar al centro.

3 Dobla hacia el centro una punta sí y otra no. Pégalas con cuidado.

4 Une el molinillo a una cañita con un alfiler. Pon plastilina sobre el alfiler.

2 **¿En qué caso girará más deprisa? Compruébalo con tu molinillo, marca y explica.**

ACTIVIDADES DE REPASO

1 Resumen. **Recuerda lo que has aprendido y completa.**

viento | aire | líquido | sabor | agua

El ______ está en todas partes.

Cuando se mueve se llama viento.

El ______ es un ______

que no tiene olor, color ni ______

2 **Rodea las cosas que se mueven con la fuerza del viento.**

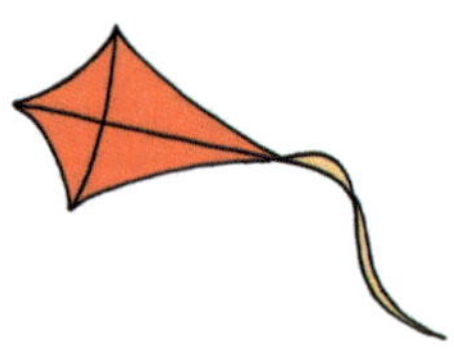

3 **¿En qué estado está el agua en cada caso? Escribe.**

______

______

______

4 **¿Dónde podemos encontrar agua en la naturaleza? Escribe.**

Agua dulce ____________________

Agua salada ____________________

5 **Escribe 1, 2 y 3 para ordenar el ciclo del agua.**

☐ El agua de las nubes cae de nuevo a la tierra en forma de lluvia o de nieve.

☐ 1 El agua del mar se calienta y se transforma en vapor.

☐ El vapor, al enfriarse, forma las nubes.

6 **Haz un cartel para animar a tu familia a ahorrar agua.**

7 **¿Qué ocurrirá? Observa, piensa y marca.**

☐ El agua se transformará en hielo.

☐ El agua se transformará en vapor.

☐ El agua se transformará en otro líquido.

8 Conocemos la naturaleza

- Nombra lo que ves en este paisaje.
- ¿Piensas que este lugar ha sido siempre así? ¿Qué elementos crees que han sido construidos por las personas?
- ¿Hace frío o hace calor? ¿Por qué lo sabes? ¿Qué época del año crees que es?

SABER HACER

TAREA FINAL

Observarás qué tiempo hace y harás un registro.

¿Qué tiempo hace?

1 **Observa la lámina y completa.**

nublado	soleado

frío	cálido

Es un día ______ y ______

2 **Explica qué tiempo hace hoy en tu pueblo o ciudad.**

3 **¿Qué ha sucedido? Escribe 1, 2 y 3. Después, explica.**

› ¿En qué ocasiones podemos ver el arcoíris en el cielo? Explica.

4 **Escribe el significado de estos símbolos del tiempo.**

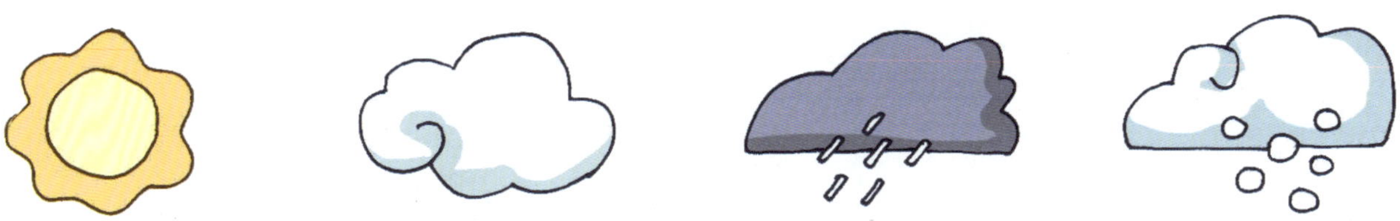

Las cuatro estaciones

El año tiene **cuatro estaciones**.

En **invierno** hace frío y en algunos lugares, nieva. Muchos árboles se quedan sin hojas.

En **primavera** llueve y la temperatura es más cálida. La mayoría de las plantas florecen.

En **verano** hace mucho calor y no suele llover. Las plantas pierden sus flores y dan frutos.

En **otoño** refresca y llueve a menudo. Muchos árboles pierden sus hojas.

1 **Escribe el nombre de las estaciones y observa en qué orden se suceden a lo largo del año.**

2 ¿Cómo cambia el árbol a lo largo del año? Escribe en cada caso el número que corresponda.

1. primavera 2. verano 3. otoño 4. invierno

3 ¿Qué características tienen estas estaciones? Escribe.

VERANO

INVIERNO

4 ¿Qué estación del año prefieres? Explica por qué.

El año tiene cuatro estaciones: invierno, primavera, verano y otoño. El tiempo y el paisaje cambian en cada estación.

El paisaje cambia

El paisaje que vemos experimenta cambios a lo largo del año debido al paso de las estaciones.

El paisaje también se modifica como consecuencia de la actuación de las personas. Así, la construcción de carreteras, puentes, túneles... transforma de manera importante el paisaje natural.

1 **Escribe donde corresponda. Después, marca los paisajes que han sido modificados por las personas.**

isla | acantilado | puerto

2 **Observa y numera los elementos de este paisaje. Después, escribe cada palabra donde corresponda.**

1. bosque
2. pueblo
3. río
4. puente
5. carretera
6. montaña

Elementos naturales ▶ ____________________

Elementos construidos ▶ ____________________

3 **¿Cómo ha cambiado este paisaje? Escribe 1, 2 y 3.**

La construcción de carreteras, puentes, túneles... transforma el paisaje natural.

A orillas del río gigante

El Amazonas, que atraviesa América del Sur, es el río más largo del mundo. En sus orillas se extiende la selva más grande de nuestro planeta. El calor y las abundantes lluvias hacen que en esta selva crezcan numerosas especies de plantas.

Es aquí también, en este inmenso tesoro verde, donde se purifica gran parte del aire que respiran los seres vivos. Por eso, esta selva es conocida como el pulmón de la Tierra.

1 **Inventa y escribe otro título para el texto.**

2 **¿Por qué se conoce la selva amazónica como el pulmón de la Tierra? Explica.**

3 Educación en valores. **Conocemos nuestro planeta.**

- ¿Te gusta conocer los diferentes paisajes de la Tierra? ¿Por qué?

SABER HACER

Observo qué tiempo hace

1 **Observa el mapa y contesta.**

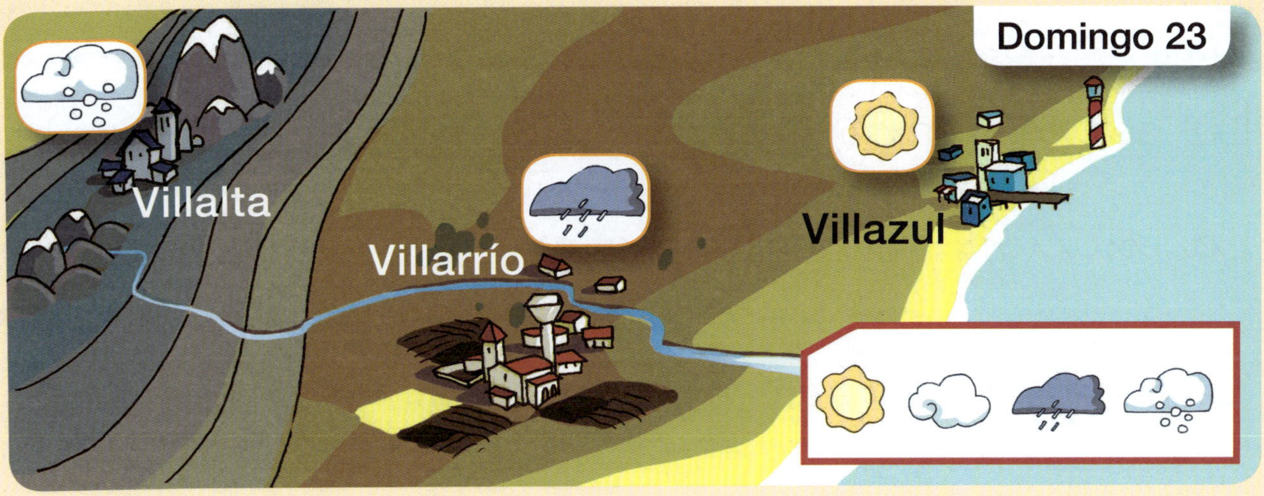

¿Dónde nevará el día 23? ______________________

¿Dónde lucirá el sol? ______________________

2 **Observa el tiempo que hace durante una semana en tu localidad y completa el cuadro.**
Puedes utilizar los símbolos del mapa.

lunes	martes	miércoles	jueves	viernes

ACTIVIDADES DE REPASO

1 Resumen. **Recuerda lo que has aprendido y completa.**

Las estaciones del año son:

____

La estación más fría es _______________

La estación más calurosa es _______________

2 **Escribe lo que sepas sobre cada estación.**

____

____

____

____

3 **Dibuja prendas de ropa que utilices en cada estación.**

INVIERNO	VERANO

4 Dibuja elementos construidos en este paisaje. Después, colorea.

5 ¿Qué palabras sirven para explicar el tiempo que hace? Marca.

- ☐ soleado
- ☐ frío
- ☐ lago
- ☐ lluvia
- ☐ nevada
- ☐ playa
- ☐ tormenta
- ☐ nuboso
- ☐ vendaval

6 Observa y escribe. Después, rodea el aparato que sirve para medir la temperatura del aire.

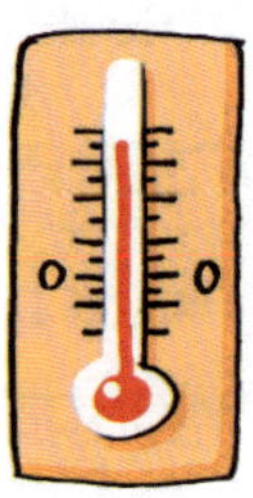

veleta

termómetro

9 La Tierra, nuestro planeta

- ¿Para qué sirve una nave espacial? ¿Quiénes viajan en ella?
- ¿Qué se puede ver desde esta nave?
- Explica cómo es la Tierra vista desde el espacio.
- ¿Has mirado alguna vez el cielo de noche? Cuenta lo que viste.

SABER HACER

TAREA FINAL

Aprenderás a utilizar la agenda para anotar cosas importantes.

La Tierra y el Sol

1 **Observa la lámina y une.**

la Tierra

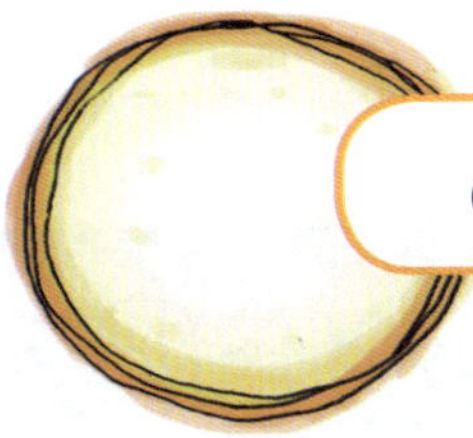
el Sol

- Es una estrella que nos proporciona luz y calor.
- Es el planeta en el que vivimos.

2 **Observa y completa.**

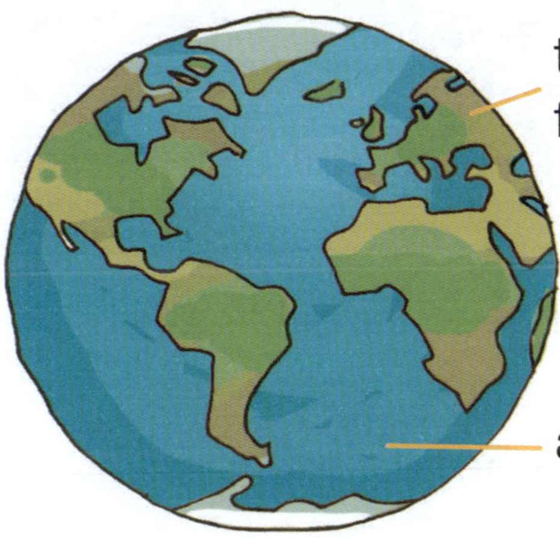

La mayor parte de la Tierra está cubierta de ____________.

El resto es ____________

3 **El Sol es imprescindible para la vida en la Tierra. Rodea los seres que necesitan su luz y su calor para vivir.**

El día y la noche

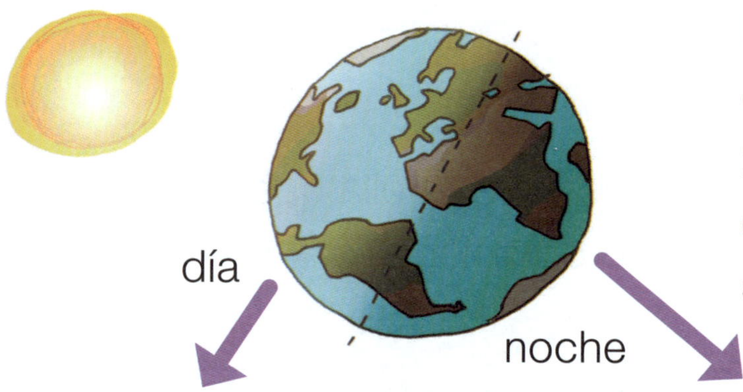

La Tierra gira sobre sí misma, como una peonza, y tarda 24 horas en dar una vuelta completa. Durante ese tiempo se suceden el día y la noche.

En la parte de la Tierra que está iluminada por el Sol, es de **día**.

En la parte de la Tierra a la que no llega la luz del Sol, es de **noche**.

1 **Colorea la parte de la Tierra que está recibiendo la luz del Sol.**

2 ¿Qué actividades realizas en cada momento? Escribe.

Durante el día, ______

______

Durante la noche, ______

______

3 ¿Qué momento del día es? Observa y completa.

amanecer

mediodía

atardecer

El Sol sale. ▶ Es el ______

El Sol está alto en el cielo. ▶ ______

El Sol se oculta. ▶ ______

El Sol es la estrella que ilumina la Tierra. Cuando recibimos la luz del Sol es de día y cuando no nos llega su luz es de noche.

La Luna y las estrellas

De noche, podemos ver en el cielo la Luna y las estrellas.

Las **estrellas**, como el Sol, tienen luz propia. Aunque son muy grandes, las vemos tan pequeñas porque están muy lejos de la Tierra.

La **Luna**, al igual que la Tierra, también recibe la luz del Sol. Por eso la vemos brillante.

1 **Piensa y rodea los tres aparatos que utilizarías para observar la Luna y las estrellas.**

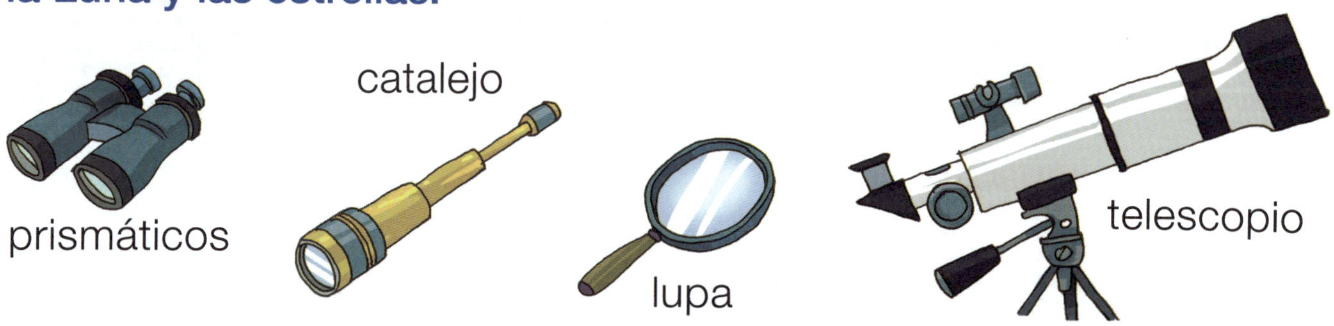

2 **Escribe V (verdadero) o F (falso).**

- ◯ La Luna recibe la luz de la Tierra.
- ◯ Las estrellas están muy lejos de la Tierra.
- ◯ La Luna es una estrella.
- ◯ A mediodía no vemos estrellas en el cielo.

3 **¿Cómo podemos ver la Luna desde la Tierra? Observa y une.**

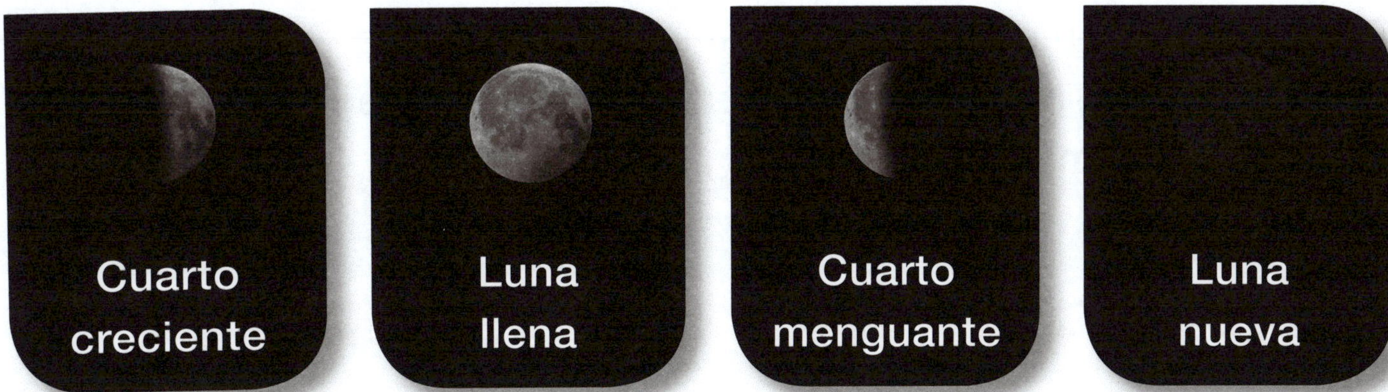

La Luna se ve redonda. •	• Cuarto menguante.
La Luna tiene forma de C. •	• Cuarto creciente.
La Luna casi no se ve. •	• Luna llena.
La Luna tiene forma de D. •	• Luna nueva.

4 **¿Por qué no podemos ver la Luna y las estrellas durante el día? Piensa y marca.**

☐ Porque la luz del Sol es muy intensa y nos impide verlas.

☐ Porque de día la Luna y las estrellas no están en el cielo.

▸ ¿Dónde puedes ver mayor cantidad de estrellas, en el campo o en la ciudad? ¿Por qué? Habla con tus compañeros.

Las estrellas tienen luz propia. La Luna recibe la luz del Sol.

El calendario

Para medir el tiempo utilizamos el reloj y el calendario.
Con el reloj medimos las horas. Con el calendario medimos los **días**, las **semanas**, los **meses** y los **años**.

- Un día tiene 24 horas.
- Una semana tiene siete días.
- Un mes tiene cuatro semanas.
- Un año tiene doce meses.

AÑO 2018

ENERO

L	M	M	J	V	S	D
1	2	3	4	5	6	7
8	9	10	11	12	13	14
15	16	17	18	19	20	21
22	23	24	25	26	27	28
29	30	31				

FEBRERO

L	M	M	J	V	S	D
			1	2	3	4
5	6	7	8	9	10	11
12	13	14	15	16	17	18
19	20	21	22	23	24	25
26	27	28				

MARZO

L	M	M	J	V	S	D
			1	2	3	4
5	6	7	8	9	10	11
12	13	14	15	16	17	18
19	20	21	22	23	24	25
26	27	28	29	30	31	

ABRIL

L	M	M	J	V	S	D
						1
2	3	4	5	6	7	8
9	10	11	12	13	14	15
16	17	18	19	20	21	22
23/30	24	25	26	27	28	29

MAYO

L	M	M	J	V	S	D
	1	2	3	4	5	6
7	8	9	10	11	12	13
14	15	16	17	18	19	20
21	22	23	24	25	26	27
28	29	30	31			

JUNIO

L	M	M	J	V	S	D
				1	2	3
4	5	6	7	8	9	10
11	12	13	14	15	16	17
18	19	20	21	22	23	24
25	26	27	28	29	30	

JULIO

L	M	M	J	V	S	D
						1
2	3	4	5	6	7	8
9	10	11	12	13	14	15
16	17	18	19	20	21	22
23/30	24/31	25	26	27	28	29

AGOSTO

L	M	M	J	V	S	D
		1	2	3	4	5
6	7	8	9	10	11	12
13	14	15	16	17	18	19
20	21	22	23	24	25	26
27	28	29	30	31		

SEPTIEMBRE

L	M	M	J	V	S	D
					1	2
3	4	5	6	7	8	9
10	11	12	13	14	15	16
17	18	19	20	21	22	23
24	25	26	27	28	29	30

OCTUBRE

L	M	M	J	V	S	D
1	2	3	4	5	6	7
8	9	10	11	12	13	14
15	16	17	18	19	20	21
22	23	24	25	26	27	28
29	30	31				

NOVIEMBRE

L	M	M	J	V	S	D
			1	2	3	4
5	6	7	8	9	10	11
12	13	14	15	16	17	18
19	20	21	22	23	24	25
26	27	28	29	30		

DICIEMBRE

L	M	M	J	V	S	D
					1	2
3	4	5	6	7	8	9
10	11	12	13	14	15	16
17	18	19	20	21	22	23
24/31	25	26	27	28	29	30

1 Escribe los nombres de los días de la semana.

2 **Colorea los meses en el calendario.**

meses de 30 días

meses de 31 días

▸ ¿Qué mes no has coloreado? ____________

3 **¿Qué meses del año corresponden a cada estación? Completa.**

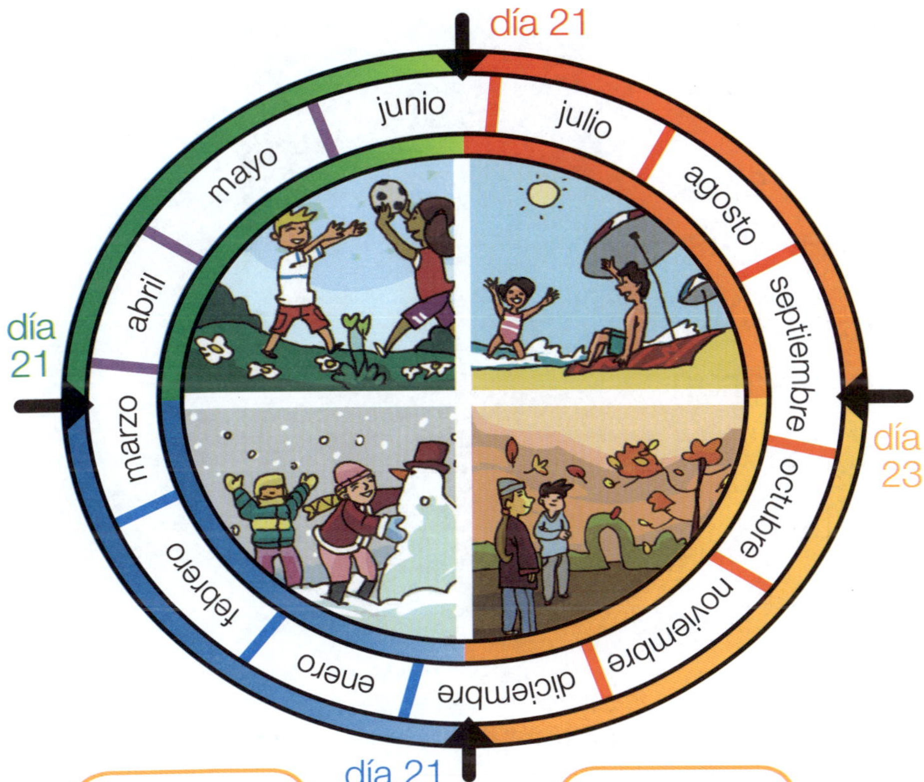

Primavera

____

mayo

____

Verano

julio

____

____

Otoño

octubre

____

____

Invierno

____

____

marzo

Para medir el paso de los días, las semanas, los meses y los años utilizamos el calendario.

Viajar al espacio

El ser humano siempre ha querido viajar al espacio. Pero hasta que no se inventó el cohete espacial, ese deseo no fue más que un sueño.

El primer ser vivo que viajó en una nave espacial fue una perrita llamada Laika. Aunque la gran hazaña fue llegar a la Luna. Tras varios años de intentos, por fin, en 1969, tres astronautas pisaron por primera vez la Luna. Así consiguieron hacer realidad el sueño de muchas personas.

1 **¿Quién fue el primer ser vivo en viajar al espacio? Escribe.**

2 **Investiga y escribe los nombres de los astronautas que pisaron por primera vez la Luna.**

3 **Educación en valores. Valoro el esfuerzo.**

- ¿Sueles esforzarte para conseguir lo que quieres?

SABER HACER

Aprendo a utilizar la agenda

1 **Rodea la agenda.**

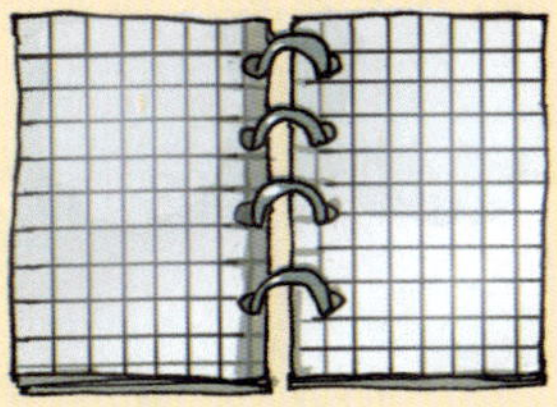

2 **Observa esta página de una agenda y une.**

Día de la semana •

Mes y año •

• Espacio para anotaciones

• Día del mes

• Calendario

3 **¿Para qué sirve una agenda? Marca dos casillas.**

- ☐ Para anotar acontecimientos importantes.
- ☐ Para escribir recetas de cocina.
- ☐ Para apuntar los deberes y las tareas pendientes.

4 **¿Qué acontecimiento anotarías en tu agenda? Escribe.**

____

1 Resumen. **Recuerda lo que has aprendido y completa.**

Luna | estrella | planeta | luz | calor | noche

La Tierra es el ______ en el que vivimos.

El Sol es una ______ que da ______ y ______ a la Tierra.

La ______ brilla en el cielo durante la ______ porque recibe la luz del Sol.

2 **Marca.**

- ¿Cuánto tiempo tarda la Tierra en dar una vuelta completa sobre sí misma?

  ☐ 24 horas. ☐ 12 horas.

- ¿Qué ocurre durante ese tiempo?

  ☐ Se suceden el día y la noche.

  ☐ Se suceden las estaciones.

3 **Explica con tus palabras qué ocurre al amanecer.**

______

4 Une.

Luna llena

Luna nueva

5 Escribe V (verdadero) o F (falso).

- ☐ Un año tiene 12 meses.
- ☐ Una semana tiene 7 días.
- ☐ En el calendario se representan 10 meses.
- ☐ Todos los meses del año tienen 30 días.

6 Escribe en orden los nombres de los meses del año.

enero, marzo,

7 ¿Qué día es su cumpleaños? Lee y contesta.

Desde este día faltan 6 meses para mi cumpleaños.

1 Escribe tres palabras en cada caso.

Dependencias del colegio	Habitaciones de la casa

2 ¿Cómo cambian las personas con el paso del tiempo? Escribe 1, 2, 3 y 4.

3 Escribe donde corresponda.

tíos | abuelos | primos

Los padres de mi madre son mis ________

Los hermanos de mi madre son mis ________

Los hijos de mi tío son mis ________

4 **¿Cómo son los pueblos? Marca.**

- ☐ Tienen muchos habitantes.
- ☐ Sus calles son estrechas.
- ☐ Hay numerosos edificios públicos.
- ☐ Los edificios suelen ser bajos.
- ☐ Sus habitantes trabajan en la naturaleza.

5 **Escribe** pasado **o** presente **según corresponda.**

6 **Escribe nombres de medios de transporte.**

Se desplazan por el agua

Se desplazan por el aire

Se desplazan por la tierra

7 ¿Por dónde deben circular? Une.

Por la acera.

Por la calzada.

Por el carril bici.

8 Completa

líquido | vapor | hielo

El agua es un ______

Cuando se calienta, se convierte en ______

Cuando se enfría, se convierte en ______

9 Explica con tus palabras qué es el viento.

______

10 Recuerda y une.

Un año tiene • • 24 horas.

Un día tiene • • 30 o 31 días.

Un mes tiene • • 12 meses.

11 **Escribe en cada caso el nombre de una estación del año. Después, colorea el mes que corresponde a esa estación.**

abril febrero

diciembre agosto

mayo noviembre

enero julio

12 **Escribe lo que recuerdes sobre el Sol y la Tierra.**

Una ciudad sobre el agua

Venecia es una hermosa ciudad italiana que fue construida sobre un grupo de pequeñas islas, en medio de una laguna. Por eso, sus principales calles son canales de agua. Para cruzar los canales hay numerosos puentes.

En Venecia no hay coches; para desplazarse por la ciudad se utiliza un tipo de barco llamado *vaporetto*, que para en diferentes lugares, al igual que los autobuses. Otro medio de transporte, usado principalmente por los turistas, son las góndolas, unas preciosas barcas que manejan los gondoleros impulsándolas con un largo remo.

¡Peligro! ¡Un iceberg!

El Titanic era el barco más lujoso y seguro de cuantos se habían construido.

En 1912, el Titanic zarpó de una ciudad inglesa para realizar su primer viaje con destino a Nueva York. Era un gigante surcando los mares.

El día 14 de abril, poco después de medianoche, cuando algunos pasajeros dormían y otros bailaban en los salones, se produjo un violento choque. Rápidamente, el agua empezó a inundarlo todo, entre el pánico y el griterío de los viajeros.

A los pocos minutos, el Titanic se hundió en el abismo. Había chocado con un iceberg, una enorme mole de hielo de unos cien metros de altura, que flotaba en el mar. En aquel accidente murieron más de 1500 personas.

Viajeros del desierto

Los tuareg son tribus del norte de África que se desplazan continuamente por el desierto en busca de agua y pastos para el ganado. Cuando encuentran un lugar adecuado, instalan sus tiendas y permanecen allí hasta que se agota el agua o escasean los pastos.

Las tiendas de los tuareg están hechas con pieles de cabra o de antílope. Algunas de ellas son muy amplias y pueden albergar a varias personas; durante la noche, incluso duermen allí los cabritillos recién nacidos.

Cuando levantan sus tiendas, los tuareg enrollan las pieles, las cargan sobre sus camellos y parten en busca de un nuevo lugar donde acampar.

1 8

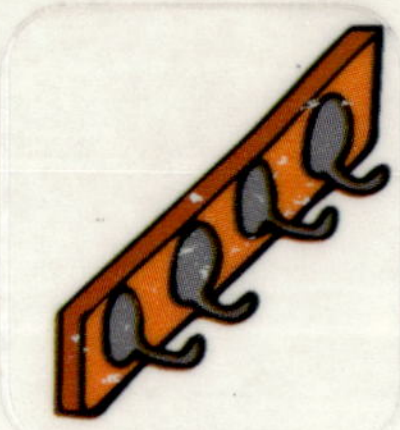

2 17

2 23

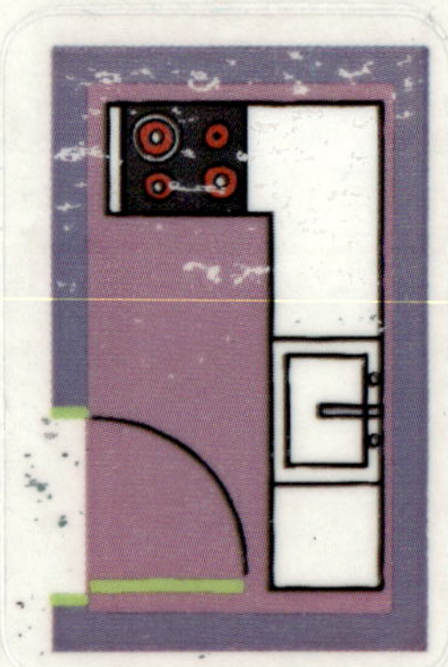

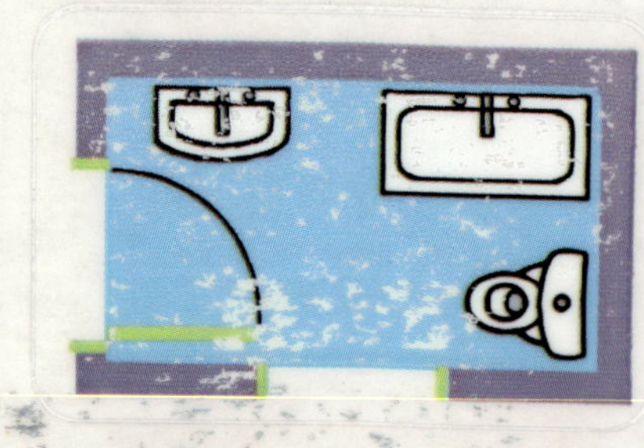

3 27

4 37

6 58